原裕の百句

原 朝子

なつかしさの彩

ふらんす堂

目次

原裕の百句

稲架組むや相別れたる峰二つ

昭和二十二年

1

生家の正面にある筑波山。この男峰と女峰の相寄る山容が原裕の原風景である。嬥歌の山という風土性が知らず知らずのうちに内面の世界を育んでいった。筑波山の前に広がる田圃に稲架が立つと馬の背で歌垣が催された筑波山が太古の貌をあらわにする。組み上がる稲架によって峰二つが相別れるという初々しい把握の中に、すでになつかしさの原点である淋しさが捉えられている。

（初期習作句集『投影』所収）

地軸ずしと傾き太陽は初日と呼ばれ

昭和二十三年

2

昭和二十年に復刊した「鹿火屋」は、新時代の俳句を模索する気風が強く、口語俳句にも寛容であった。その中で初日に対する視点の新しさが評価された句。地球儀から発想した理科少年らしい作であり、口語自由律である。上田都史によれば、放縦に傾きやすい自由律であっても五七五調を軸とし増減五音までとしている。掲出句は、まだ韻律の初々しさを残してはいるが、定型に引けを取らない風格がある。後年の作〈百合の劔先われに向きては起きよと云ふ（平11）〉などには詩句の奥に流れる韻律の確かさが認められる。

（『投影』所収）

母一人子一人の冬門に牛

昭和二十七年

3

原石鼎没後、原家の養子に入るが、石鼎を失った夫人コウ子の嘆きは深く、母一人子一人の家の静けさは物を言うことさえ憚られた。ある日、門前の松の大樹に近所の農家が牛を繋いでいた。そのゆったりとした牛の平安に心がなぐさめられたという。門の牛は、無意識の投影としての「よるべ」である。初期には〈牛を曳く卒業の昼一文字に（昭32）〉〈逃亡や牛がけちらす冬の日矢（昭37）〉など牛をモチーフにした作も多い。作中に登場した数々の牛は、後年「十牛図」として作句の指標として示されることになる。

（第一句集『葦牙』所収）

桃に風長き眠りを果しゐき

昭和三十年

4

袋掛けされた桃の実は、葉陰で風音を聞きながら成熟していく。桃畑の中にはゆっくりと流れる夢見るような時間があり、それが甘美な桃を生み出す。日々の雑用に追われ、寧日のない中での作で「桃の実の充実に目をみひらいたとき、いっそう『未完の自分』が意識にのぼった」「わたしは生涯、『未完の自分』のイメージに悩まされるのか」と述べている。季節の景物が風に触れるとき、内観する眼が開かれる。〈萩に風すでに過ぎゐるしわが而立〈昭40〉〉は、原家の養子として面目のない自己反省に基づくという。

（『葦牙』所収）

七夕の竹青天を乱し伐る

昭和三十一年

5

竹林に入って七夕飾りの設えのために笹竹を伐る。竹と竹の触れ合う騒めきにその夜の星空のさざめきを思う。掲出句が動の七夕竹ならば静の七夕竹の句として〈七夕竹惜命の文字隠れなし　波郷〉が想起される。石田波郷宅を訪れてその教えを乞うようになるのは昭和二十五年からで、波郷の筆による「俳句は生活の裡に万目季節をのぞみ蕭々また朗々たる打坐即刻のうた也」の色紙を一室に掲げていた。「青天を乱し伐る」には、花鳥から人間へと俳句の主体を反転させようとする若き志が彷彿とする。

（『葦牙』所収）

なつかしき炎天に頭をあげてゆく

昭和三十一年

6

「炎天」は裕が愛した季語である。帰郷の喜びが詠われた掲出句からは、炎天の真直ぐな道を歩いて来た作者が、徐々に眼差しを上げて筑波・加波の山並を見つめる姿が浮かぶ。この地に降り立つと炎天が直接五感に訴えかけてきて、生活風土であった常陸野での日々が胸中に蘇ってきたのである。それは「なつかしき」としか言いようのないものだった。なつかしさは、過去の個人的な体験に結びつくものとは限らず、人間の心底にある原初的な感情が物に触れて呼び覚まされるもの。裕にとって「炎天」は、この原初的な感情を揺さぶる季語であった。

（『葦牙』所収）

渡り鳥訥々とうた継ぐもよし

昭和三十二年

7

前作に〈渡り鳥わが名つぶやく人欲しや（昭28）〉がある。裕が「渡り鳥」に託すのは故郷の父母や親友たちへの思いであった。当時、「俳句はつぶやくごとく内心よりほとばしるもの」と考えていた。「訥々と継ぐ」唄は言うまでもなく俳句である。唄は庶民のものであり、「才気を憎むわたしは訥々と訴え綴るうたのひびきにこそ真情をうけとめる」としている。淀みなく流れる言葉ではなく、一言一句、余韻を生みながら沈殿する言葉の運びにこそ真実味があるとする若き日の決意がうかがわれる。

（『葦牙』所収）

沼跳ねて鯉一望の冬を見し

昭和三十六年

8

　茨城県菅生沼での作。やや意表外に出た上五を中七下五で見事に収めている。菅生沼は平将門が軍事教練を行った場所として知られ、また、白妙姫の伝説が残る地でもある。この葦の群生地は、冬になると一面の枯葦の枯れの世界へと転じられる。冬の沼の水は淀んで動かない。静寂に耐え兼ねたように音を立てて鯉が水上に跳ね上がる。その刹那、鯉は一望の荒涼とした景を目の当たりにする。水中を離れ、躍動する鯉は沼の上で光を放つ。その姿は沼と対照的であるが故に淋しさをもって映じられてくる。

（『葦牙』所収）

雪渓に何誇るべく子を産みし

昭和三十八年

9

初出は〈夏雪嶺子に誇るべき言葉欲し〉。夏の岩山を歩き、雪渓を間近にして想を得た作。言葉に賭ける俳人の含羞が滲んでいる。「雪渓のきびしさにふれて人の生き死にを思った。子を産み、子に誇り伝えるべき何物ももたない自分がかなしかった」という。雪渓を見る旅で心にあったのは生涯にかかわる俳句のことである。俳句の行末に危機感を抱き、「自分の姿に空しい作業にかけるシジフォスを見るおもいがした」とも述べている。院号の「雪渓院」はこの作による。

（『葦牙』所収）

黄落を歩めば吾子の唄とどく

昭和三十九年

10

「吾子」は、男童や女童を親しみをこめて呼んだもの。庭木の繁みで遊んでいた姉弟の歌う「里の秋」が聞こえてきた。四周への子たちの心の通いかたが自然なのに驚き、黄落の中を散策する気分が高まったことを「とどく」と言いとめた。かつて信濃追分の山林で〈黄落の低き唄出づ口閉づる（昭32）〉と詠んでいる。黄葉が地上に降り積もる頃、自ずから口の端に上ってくる唄があるが、そうしたとき、流行に流される自分を感じてにわかに口をつぐむという。唄を誘うと同時に唄を拒む神聖さを黄落に見ていたのかもしれない。

（『葦牙』所収）

狂ひ泣く童女光れり藪からし

昭和三十九年

幼児にとって家に居る時間の短い父親は家族の中で最も遠い存在である。漸く家に戻ってきてあやそうとしても子は素直にあやされるものではない。「長女は思うまにならないと火がついたように泣く。藪からしさえも枯れてしまうかと思うほどに」とあるが、それは一体誰譲りであろう。激しく泣くわが子に対する苛立ちと戸惑いが「狂ひ泣く」と表白され、個として全身で抵抗するいのちの輝きを「光れり」と詠みとった。相反する感情が生んだ二つの言葉が不思議と響き合う。(『葦牙』所収)

あしかびのごとき青年初日の出

昭和四十一年

12

第一句集『葦牙』の表題になった作。葦牙は、古事記の冒頭にある「葦牙の如く萌え騰る物」から採られており、それは人間の基本的な姿だという。水中から立ち上がる青々とした葦の芽には冬の閉ざされた世界の呪縛を打ち破る生命力がある。それを葦の牙と見做した古代人の造形的な眼は裕のあこがれとするところであった。葦原に初日を拝む青年には宇摩志阿斯訶備比古遅《ウマシアシカビヒコジ》神が浮かぶ。それは同時に自画像でもあろう。〈葦牙の径おのづから人佇てる（昭46）〉という作もある。

（『葦牙』所収）

雛の軸おぼろ少女と老女寝て

昭和四十三年

雛祭には、吉野材で造られた一室の床の間に一対の内裏雛を画いた石鼎の軸を掛け、その前に内裏雛を飾り、夜にはこの雛の間がコウ子と孫たちの寝室になるのが習わしだった。掲出句は、石鼎の雛の軸を詠んでいるが、コウ子の〈雛の間の闇うつくしき朝寝かな〉と一対をなしている感がある。「雛の軸おぼろ」と一息に読むと、この軸にまつわる交々の出来事が情趣として匂い立つ。後年、この少女と老女の頃がすっかり昔になったことを回想しつつ詠んだのが〈彩ちらし乙女さびたる雛まつり〉である。

（『葦牙』所収）
（平9）

一房のぶだう浸せり原爆忌

昭和四十四年

原爆の日につなぐ心を一個人の視座から詠い上げた作。〈長崎の忌と炎天の塔かすか（昭40）〉〈ひろしまの忌日や高く飛べる蝶（昭47）〉とこの日を悼む句を詠んでいる。広島忌、長崎忌に比べて原爆忌という語の曖昧さがやりきれないとしつつも、原爆忌は戦争の悲しみを伝えるたった一つの季語だという。人間諷詠を志す者からすればその心情に最も適う詩語であったことが想像される。一房の葡萄を水に浸し、一粒一粒を口に運ぶのは日常の一齣。安寧のひとときとそれを瞬時に奪い去る原爆との対比がその悲惨さを静かに訴えかけてくる。（『葦牙』所収）

酒含みゐて新涼を分つなり

昭和四十四年

15

「朋遠方より来たるあり、亦た楽しからずや」。遠来の友との楽しみは酒を酌み交わしつつ、人生を語り学ぶことである。「酒」を「ささ」と読ませたのは祀りの気分に添うためで、ここには秋祭の含意がある。友と杯を交わす卓上に涼風が通う。その新涼を友と分ち、神仏と分ち合う。それは祭の共食の姿である。冒頭に引いたのは論語のことば。裕は諸橋轍次の「止軒会」の一員でもあった。

(『葦牙』所収)

手花火に二人子の影しなひをり

昭和四十四年

16

夏の夜、庭先で手花火に打ち興じた。二人子は六歳の姉と四歳の弟。袋の中から色とりどりの手花火を取り出すところから楽しみが始まる。火をつけると音声とともに色鮮やかな炎が噴き出す。途中で色が変わるたびに歓声が上がる。手元に向かってちりちりと火が移動するたびに影も動く。この幼子たちの影を「しなひをり」と言いとめたのがこの句のいのちである。「しなひをり」が生み出す情景、心情、手触り感は唯一無二のもの。石田波郷の賛辞を得た作でもある。

（『葦牙』所収）

声かけし眉のくもれる薄暑かな

昭和四十五年

須賀川牡丹園での作。石鼎門下の柳沼破籠子が園主であったため旧知の人も多い。知人と見て声を掛けると相手は一瞬振り返って訝しげに眉をひそめた。人違いではなかったものの、不意打ちを喰った気恥しさにうっすらとした暑さを覚えたのである。即興の作であり、俳句は賜わるものという言葉が胸に落ちたという。大岡信『折々のうた』では、「心理の陰影をそのまま生かそうとして、季語『薄暑』の情感をもよく生かした句」と評されている。また、「背後に薄暑を据えて、感情の微妙を包みこんだところが非凡」と飯田龍太の賛辞を得ている。

（『葦牙』所収）

紅梅のあと白梅の散る軽さ

昭和四十六年

探梅は待春の心に適い、観桜と一対となる。梅はまさに寒気の中に生まれる春を具現化した花といえる。掲出句と並んで想起されるのが〈白梅のあと紅梅の深空あり 龍太〉であり、両者には海国と山国の風土の違いが対比されていて面白い。湘南の地では往々にして紅梅が先に咲く。「紅梅は二三輪の咲くさまがよく、白梅は咲き満ちたあとの風に散るさまが風雅だ」と趣の違いを興じている。紅白の梅を並列した作は、他に〈紅梅も白梅も金ふちどりぬ（平5）〉がある。

（第二句集『青垣』所収）

梅雨の月金ンのべて海はなやぎぬ

昭和四十六年

19

梅雨は四季に次ぐ特徴的な季節であり、生活のみならず人の心にも深い影響を及ぼす。一体にこの季節は物憂いが、それゆえ、他の季節には見られない景色に出合うことがある。その一つが「梅雨の月」。梅雨時の月はほんのひと時、相模湾に姿を見せる。それを待ち侘びていた人の心に寄り添うように海はささら波を立てて、月光を迎え入れるのである。あたかも金を延べたかのように海上に広がる月光は梅雨世界の華やぎを醸し出す。

（『青垣』所収）

兜虫ある夜の少年駈けてをり

昭和四十六年

20

少年時代の回想句。戦争のため家にいた職人たちが出征するなどして空いた部屋を一人で使っていたので、夜中、家族に知られることなく抜け出して、屋敷の周囲の田圃道を駈け回ることがあった。それは欲しいものを忘れるためだった。本に対する飢えが著しかったのだろう。飢えに見舞われた少年の奇行を知るのは筑波山と星空だけだった。この少年期の慰めとなったのが、神社裏の雑木林で採取した兜虫であった。切なくなつかしい少年期を彩る兜虫である。

(『青垣』所収)

蟬時雨より深きもの人の息

昭和四十七年

21

炎昼、木の幹や枝に張りついた蟬が競い合って声を上げる蟬時雨。一体となって降り来る音声の中にいのちの塊としての蟬それぞれの忙しく短い気息が感じられる。一方、昼寝する人の吐いては吸うゆっくりと深くて太い寝息には乱れがない。この世に生を享けた者の、一時も休むことのないリズムが天地にこだまする空間に〈閑かさや岩にしみ入る蟬の声　芭蕉〉と相通じるものが感じられたという。

（『青垣』所収）

水鏡して炎天はいづこにも

昭和四十七年

香川県善通寺での作。ここの御影の池は唐へ渡る前、弘法大師が母のために姿を映して自画像を描いたと伝えられる。この日、鏡面をなす水に池底まで敷き詰められたように映る炎天を見つめて、〈水鏡して炎天をとどめおく〉と詠んだ。しかしこれでは絵筆を運ぶ大師の行為を写しただけである。そこで「絵を通していつでもお側にいます」という大師の心中を想像し、「いづこにも」の措辞を得たという。こうして、炎天に生じた情が大師と結ばれ、なつかしさの循環が完成されたのである。

（『青垣』所収）

蜩の宮明け放つ幼なごゑ

昭和四十七年

23

白峰宮の書院での作。未明に一匹の蜩が近くで鳴くと数匹が呼応して全山を覆う蜩の巷が出現した。崇徳上皇ゆかりの地で聞く蜩の声は帝の怒りを偲ばせるほど冷気をかきたてた。やがて蜩の声が収まると、空には淡い紅を刷く雲が現れた。すると、暁を察したかのように幼児が泣き声を上げた。宮居に初めて人間の声が響き渡ったのである。そのとき自然の神秘に捕われていた心が解き放たれた思いがした。それはこの世に生を享けて以来、最も感動的な一夜であったという。

（『青垣』所収）

初冬のけはひにあそぶ竹と月

昭和四十七年

24

「季」は目に見えない魅惑的なもの。物についてはじめて見えるようになるが、それは気配としてである。掲出句は、家の裏山に連なる竹林の道を伝い散策するうちに浮かんだもので、月を抱いた竹頭の輝きになつかしさを覚えたという。初冬の冷えをまとった竹林は一層澄みまさり、俗世と隔絶した感がある。そこに竹林の七賢や寒山拾得へのあこがれが投影されると、竹林の葉擦れに隠士のさざめく声が聞かれよう。初冬の気配を帯びた月、その風情に清談を交わし遊び戯れる隠士を見たのである。

（『青垣』所収）

子のうたを父が濁しぬ冬霞

昭和四十七年

25

裕は歌が上手いわけではなかったが、歌うのは好きだった。偶の休日、子と声を揃えて歌うのは楽しみだったようである。せがまれて子の歌に和したのはいいが、子の声の晴れ晴れとした自然な明るさに比べてやや重く響く自分の調子に気づいたのである。その違和感から「わが来し方行く末と子らの未来とに重なりあうことのない時代というもののある」ことに新鮮な驚きを覚えたという。「濁しぬ」は裕の含羞であり、この心情に添うように冬霞が柔らかく情緒的に包んでいる。（『青垣』所収）

蠟涙のはなやぎにをり十二月

昭和四十七年

十二月は陰影の濃くなる季節である。隈なく照らす照明よりも翳りを生む蠟燭には落ち着いた雰囲気があり、忘年の集いの席には相応しい。蠟燭の炎に溶かされて零れる蠟涙には華やぎが感じられる。紅い蠟燭ならば尚更であろう。十二月という月に心を巡らせているうちに浮かんだ作だという。晩年の裕と何度か訪れたのが芦ノ湖畔の店「らんぷ」である。夜になると洋卓には小さなランプが点されるが、中央の燭台は蠟涙が積もり積もって白い館のようであった。掲出句とは直接関係ないが、なつかしい風景に連れていってくれる作である。

（『青垣』所収）

春一番言霊のごと駈け抜けし

昭和四十八年

冬烈風に「虎落笛」があるように、春烈風は「言霊」なのだという。言霊はことばに宿る霊威をいうが、もとは祈りに対する神の応答であり、神が神意を示すために発する異様な物音をいった。そうであるなら、春一番は、春を呼ぶ祈りに対する神の応答の音、おとないなのである。それは言葉にならないことばを発し、呻きとも叫びともつかない様々な音が混ざり合い、絡み合って渦を巻きながら狂おしく駈け抜け、森羅万象の眠りを覚ます。裕は春一番の中に原初的な予祝の声を聴いていたに違いない。

(『青垣』所収)

鳥雲に入るおほかたは常の景

昭和四十八年

28

石鼎の高弟の一人、加藤しげるの訃に触れて駈けつけた時、伊勢原で大山を引く鳥の姿を眼にして人間の命の儚さに感じ入った気分の即時的把握の作。但し、句が完成したのは一周忌のとき、回帰する季節の中でであった。身辺で鳴いていた鳥が雲の彼方に去ると雰囲気は一変するが、自然の佇まいは常と変わらない。この句によって季節の真もまたこの世の存在の真とともに空無の心のうちのものであることを体得したという。不易流行の裕的解釈である。森澄雄の推奨を得た俳句開眼の作。

（『青垣』所収）

子の母のわが妻のこゑ野に遊ぶ

昭和四十八年

吐月峰柴屋寺、丸子宿を訪ねた折の季題での作。女性は子の母、夫の妻と分身するとき声の響きにも違いが生じる。それが花桃の咲き乱れる山里で子と戯れるとき、母の声でも妻の声でもなく子に同化した一人の女性ののとなる不思議さを聞きとめた。それを「野遊」の情景に適うと感じたという。「子の母のこゑ」「わが妻のこゑ」が「野遊」という季題のもとに一体となって表白された。同時作に〈綾取りの山ふところの桃の花〉がある。

（『青垣』所収）

鈴虫のこゑの全き朝餉かな

昭和四十八年

30

秋の気配が色濃くなると、昼夜を問わず虫の音が聞かれるようになる。その中に鈴虫の声が立つとにわかに心騒ぐのは、伝統的な美意識が呼び覚まされるからであろう。但し、壺の中で育ててみなければその声が如何に時間をかけて美しく調うのかを知ることはできない。「こゑの全き」は全身鈴と化した鈴虫への讃歌である。ことに朝方、静寂を破る振鈴の響きは深く澄んで心に染み渡り、朝餉とともに風雅の心を養う。後年の作に〈鈴虫の音色一つを神棚に（平元）〉がある。

（『青垣』所収）

62 — 63

崖紅葉して祖谷紅葉谷づくし

昭和四十八年

祖谷は平家の落人村のひとつ。阿佐邸を訪れて茶菓の持て成しを受けた。その日晴れた空は悲しいまでに澄んで渓水に影を落とし、紅葉も黄葉も彩なしていた。それは余所者の風景ではなく、枯竹を割る雅な声も後ろ手を組む谷の子も身内の者のように心になつかしく感じられたという。変化に富んだ崖の一つ一つを染め上げた紅葉はなつかしい色。山村の人々に平家の血脈を思うとき、わが身にも日本人として息づくものが認められ、紅葉の深紅を血潮のいろと感じたのである。〈くわりんの実越えきし山の風のいろ〉は同時作。

（『青垣』所収）

小春日の玉と交はり石鼎忌

昭和四十八年

32

昭和二十六年十二月二十日、石鼎の最期を枕頭に座して看取った京極杜藻の筆によれば、この日が玉のような小春日であったという。掲出句は二十三回忌の折のもので、この日も小春日和となった。本来、小春は陰暦十月の呼称で十二月には相当しないが、春夏の俳人と称された石鼎を偲ぶには相応しい。「小春日の玉」とは、小春を恵む太陽のことで、忌に集う門下の人々を温かく迎えてくれたのである。また、石鼎忌の花と言えば山茶花であり、〈山茶花の白尋め行くや石鼎忌（昭45）〉という作もある。

（『青垣』所収）

父の唄母の舞澄む雪の山

昭和四十九年

33

北信濃での作。「雪の山」は一茶の里から見る黒姫山である。俳句表現からすれば不完全さを指摘する向きもあろうが、寧ろ格を出て自在を得た句ではなかろうか。福田甲子雄は傑作として「父の哀愁をおびた民謡の唄声が流れ、そして母の舞姿が、父の唄声の消えてゆく方から現われてくる」「雪山に向かったとき厳しくなつかしい父母の姿となり（走馬灯のように）廻っているのだ」と評している。唄も舞も山に捧げるもの。裕が黒姫山を通して見ているのは、男女二峰の歌垣の山、故郷の筑波山である。〈人恋ふる歌に雪積む林檎の木〉は同時作。

（『青垣』所収）

峰雲を生みつぐ海の力業

昭和四十九年

34

海に突き出した半島にかかる雲の峰は、あたかも海から押し出されてきたかのように見える。掲出句は、相模灘の洋上に次々と現れる入道雲を力瘤と捉え、海の力業に思いを致した若々しい想像力に溢れる作である。海上の雲を詠んだ〈海国に光をさめし鰯雲（昭48）〉の自解では、「山国、海国といった原始支配の神のイメージにつらなるなつかしさに感興の根がある」としている。峰雲を生みつぐ力業にもこの神のイメージが内在しているのであろう。

（『青垣』所収）

夏山や水のいろ香の鯉料理

昭和四十九年

35

会津行十三句中の一句。この夏の錬成会は福島県の郡山を発ち、中山峠を通って磐梯山を仰ぎ、猪苗代湖、喜多方、会津の鶴ヶ城と会津路を巡っている。掲出句は、その途次で口にした鯉料理を詠んだもの。輪切りにした鯉を煮込んだ料理は、滋養になるが癖が強い。「油の濃い料理だが、清流をききながら食するとき山が頭上に迫る」とする。会津の郷土料理に会津の風土の「水のいろ香」が思われたのである。

（『青垣』所収）

鷺草のほとぼりさめし夕あかり

昭和四十九年

同前の旅中吟。会津若松の御薬園の鷺草の一句。〈鷺草の一花一草鷺舞へり〉に始まる一連の作は、見たままありのままを写す写生から次第に対象へ没入し、感応したものの真実を写す「写生」へと深化していく過程を見るようで興味深い。掲出句の直前にあるのが、造形的な花の繊細さを詠った〈鷺草に一指の影のゆれやすし〉である。この句を受けて鷺草の幻想に浸る、その熱を帯びた感興から現《うつつ》へと引き戻される間の世界を詠いとっている。

（『青垣』所収）

風のかげ彩《あや》ふやしゆく紅葉狩

昭和四十九年

榛名山中で想を得た作。雑木紅葉の枝を風が打つと光が揺れ動き、多彩な紅葉の相を描き出す。「風のかげ」は、風のもたらす光のこと。紅葉は雪月花と並ぶ四季の名物、風土の最高の美観の一つだとする。前年、山海堂書店を退社し、主宰継承の意思を固めている。「少し淋しく、それがかえってこころをひらくことになった」と回想している。吟行中、清水に沿う道端の小さな祠を覆うようにして立つ一本の紅葉が心に残り、〈紅葉行風ふつきれて谷へ落つ（昭48）〉など心象スケッチ風の句を詠んでいる。

（『青垣』所収）

犭篇引けば巷の秋の暮

昭和四十九年

机上の作。犭《けものへん》の面白さに辞書を繰ることにうかうかと時間を費やす。文字から連想されるさまざまのことが体験と重なりあってすばらしい世界を垣間見させるその楽しさに酔ったのだという。漢字の魅力は象形文字の魅力で想像力を刺激する。犭は犬の字の変形で犬に似た動物や犬の性格を表わす漢字に使われる。そこには人間の性格を表わす「狭」「猛」「独」などもあり、人の身辺にいた犬との共通点に心が動く。人間《じんかん》の巷に訪れる秋の暮の中、文字が躍って見える。

（『青垣』所収）

煮凝やにぎやかに星移りゐる

昭和五十年

39

寒夜に煮魚を置いておくと煮汁が冷えて固まり魚にまといつくのが煮凝り。魚好きの裕の好物であった。料亭で方形に切られて美しい器に盛られる絶品のものもあるが、滅多にない法事や祝事の翌日に出される煮凝りは故郷の記憶とともにあった。熱いご飯の上に乗せると解けて浸みていくのをご飯ごと口に運ぶと煮魚の味が口中に広がる。箸先で煮凝りが揺れると星が鏤められているかのようにきらきらと光る。にぎやかな昨夜の宴席での場面が星の光となって移っていくように思い返されるのである。

（『青垣』所収）

桜咲く磯長の国の浅き闇

昭和五十年

磯長は西湘の地、二宮の古称である。よく晴れた日に高台に登ると、三浦半島から伊豆半島まで相模湾を一望できる。その伸びやかで美しい海岸線を眺めていた古代人が自国を称したのが「磯長の国」である。掲出句は、この美称に打たれて古代に思いを馳せて詠んだもの。本来、海に面したこの一帯は明るさのある風土だが、桜時になると短夜とも違う華やぎのある「浅き闇」に包まれる。爛漫と咲く桜は夜になっても淡々とした光を放っているようで、その桜のさざめきは終夜心を騒がせる。

（『青垣』所収）

ぼうたんを剪るに悚へし掌

昭和五十年

須賀川での作。牡丹園で観賞されることの多い牡丹だが、客を持て成すために卓上に飾られることもある。昨夕の雨の滴をとどめる牡丹には訪客をたじろがせるばかりの息遣いが感じられることもあるという。牡丹は衰えが見えると摘花されるが、そうではなく、掲出句には手塩にかけて育て上げた生気溢れる牡丹を剪るときの園主の心痛がうかがわれる。牡丹は感情移入を誘う花。同時作に〈鬱の牡丹躁の牡丹と園めぐる〉がある。

（『青垣』所収）

藤垂れて水神の空むらさきに

昭和五十年

42

東吉野村の丹生川上神社は、三川が合流するほとりにあり、水の神を祀る。この美しい淵が神武天皇が酔魚吉兆の占いをしたと伝えられる夢淵である。吉野山中を歩くと、神域を思わせる数々の藤に出会う。巌を割って落ちる宮滝では巌頭を覆うように一面に藤蔓が這い、丹生川上神社へとたどる川岸には大樹から中空に垂れ下がった藤がその姿を深い淵に映じている。水神の在す水中からの眺めを想像するとまさに紫の空となろう。前作に〈藤垂れてむらさきに淵よみがへる（昭48）〉がある。

（『青垣』所収）

あるときは一木に凝り夏の雲

昭和五十年

掲出句を刻んだ句碑は、平成六年十一月、東吉野村小《おむら》の小川城址に建立された。「原石鼎の俳句開眼の深吉野において、この一句を得たとき、わたしは心から〈頂上や殊に野菊の吹かれ居り〉を記した石鼎に親しみをおぼえたのである。『淋しさより懐かしさへ』という石鼎俳句の根元にふれた感じがしたものであった」と述べている。一木は眼前にある丹生川上神社の神木、石鼎ゆかりの大桜、故郷鳥見塚の榛の木などが一つに重なった心象の木。この木にとどまる雲は漂泊と回帰の二つのこころを表わしている、とは小室善弘の評である。

（『青垣』所収）

峰二つあらそひ隠る夏夕べ

昭和五十年

44

この「峰二つ」は、筑波山の男峰女峰であり、夏の夕闇に掻き消える景を詠ったものと思っていたが、そうではなく大和三山の香具山と耳成山である。但し、峰二つを句に詠むのは、幼少期になじんだ筑波山への郷愁によるという。車窓から見た山間に隠れたり現れたりする丘のような二山を詠った句は「香具山は畝傍を愛しと耳成と相争ひき」という万葉歌を踏まえている。この妻争いが「あらそひ隠る」という主観的な措辞を引き出したのである。

（『青垣』所収）

船腹に第九ひびかひ年詰る

昭和五十年

45

〈鳴りだす第五灼けしづまれる石の塀　不死男〉に影響を受けて「第九」を季語として詠いたくなったという。紆余曲折しつつ大団円に向かう楽曲の構成が一年を振り返る心の動きに適うからか、年末に演奏されることが多いベートーベンの第九交響楽は、歳晩の季語になると主張していた。戦後間もない頃、寒々としたがらんどうの某体育館で演奏された第九を聞き、館内を揺るがすばかりの大合唱に心を熱くしたことから、第九を聞かないと年を越せないとしていた。船腹に響かう第九はこの某体育館のイメージが反映されたものだろう。

（第三句集『新治』所収）

牡蠣食うて男も白きのどをもつ

昭和五十二年

招かれて広島を訪れ、川端に設えられた牡蠣舟で牡蠣尽しの持て成しを受けている。広島の牡蠣は小粒で、よそで採れる牡蠣に比べて、見目もよく、食べやすく、きわめて美味と食通ぶりを発揮している。中でも魅了されたのが酢牡蠣で、「箸につまんで口に運ぶと、ゆらりと、冷ややかに、滑らかにのどを通ってゆく感触が最高」としている。滑りゆく牡蠣の喉越しの感触が、妙齢の婦人の白い喉となったかのように錯覚させたのである。「男も白きのどをもつ」はまさに実感から出た措辞である。

（『新治』所収）

蓮の実大音声に晴れわたり

昭和五十二年

47

蓮の実は熟すと、ひとりでに水中に沈む。蜂の巣に似た異形の花托は、種を飛ばすまで異様な緊張感を孕んでいる。天を向いたまま空洞になる花托は、まるで天と阿吽の呼吸で種を飛ばすかのように思える。時宜を得て種が弾かれて飛ぶとき放たれる大音声とは、裕の想像力が聞きとめた音だろう。その大音声とともにもたらされる晴天。あたかも仏教説話のような荘厳な景である。

（『新治』所収）

みちのくの闇をうしろに牡丹焚く

昭和五十二年

須賀川の牡丹園では、毎年十一月に牡丹の枯枝を集めて牡丹供養が行われる。薬効もあるという焚火は石鼎所縁のもので、裕は手ずから榾をくべたこともあり〈冬芽また焰のかたち牡丹焚く（昭62）〉〈焚火あと月読の香の流れけり（同）〉など句も多い。火は煙を伴わず、榾木を這い、黄金色の炎を上げる。その香りは芳しく、やがて炎が収まり燠になると火中に牡丹の名残の彩が浮かぶ。芭蕉の足跡も偲ばれるみちのく。不動明王の猛火さながらに立つ供養の炎は、その背後に横たわる冬のみちのくの原初的な闇を一層濃くする。

（『新治』所収）

揚雲雀新治のみち幾曲り

昭和五十三年

49

新治という地名は出生地が常陸国新治郡に隣接するところから少年時代よりなじんできたものだが、『古事記』の倭建命と御火焚の老人との問答歌を知って改めて心に刻まれたという。「新治のみち」は紆余曲折する俳諧の道。そこには、故郷を離れ、両親を離れ、弟妹を離れて俳句に憑かれるようにして過ごして来た歳月がある。そしてこの一人のみちは、不惑の裕にとってなおはるかな道程であった。その来し方と行く末を俯瞰するように天高く駈け上った雲雀の声が聞こえている。（『新治』所収）

芭蕉忌の水をよろこぶ鳥獣

昭和五十三年

50

旧暦十月十二日、松島芭蕉祭での奉納句。芭蕉の「旅に病んで」について「この枯野をかけ廻る夢のなかで、芭蕉にたわむれる鳥獣たちが思われてならない。そこには堅田の病雁も、枯枝の烏も、初しぐれの猿も、そしてぴいと啼く尻声の鹿も、また狐もいた」と想像を巡らせている。深川の芭蕉庵、そして亡骸は義仲寺までの船路と、芭蕉は水の流れに縁がある。また、時雨に寄せる思いも深く、没したのは時雨月。鳥獣の命をも潤すこの日の水は、彼らを喜ばす。

（『新治』所収）

鬼やらふとき大闇の相模灘

昭和五十四年

春を迎える前日、災厄を祓うために行われる鬼やらい。この地では日中、神社でも追儺会があるが、日暮れを合図に豆撒きをするのが習いであった。一湾かけて打ち寄せる波はひと波ごとに深く暗い闇を運んでくる。迫り来る闇に抗うように声を張り上げて豆を撒き、「鬼やらふ」のである。大寒の闇はまさに「大闇」であり、〈山国の闇恐ろしき追儺かな　石鼎〉を想起させる。この相模灘の大闇の背後には石鼎の恐れた深吉野の闇が横たわっている。

（『新治』所収）

一粒の真珠ころがる夏座敷

昭和五十四年

夏向きに家具や調度を整え、風通しの良いように設えたのが夏座敷。その清涼感を座敷にころがる一粒の真珠で表現している。夏座敷に置かれたことで、真珠の乳白色の涼やかな光が印象される。寡言にして味わいの深い作である。裕によれば季語の一つ一つには、そのことばがもついのちのようなものがあり、これとうまく対話ができれば、俳句を作るよろこびに出会うことができるという。季語は感覚として捉えられてこそ本領を発揮する。

（『新治』所収）

春の月ながなきどりのうしろより

昭和五十五年

53

佐渡行十五句中の一句。同時作に〈永き日やひとさし舞へる仏の手〉がある。佐渡は能楽をはじめ、伝統芸能の盛んな土地であり、掲出句は岩戸神楽を踏まえている。天照大神の隠れた岩屋戸の前で神々が舞楽を奏する有名な件だが、この神話にかかせないのが常世の長鳴き鳥である。長鳴き鳥とは鶏のこと。佐渡には顎の肉垂れの代わりに毛髭をたくわえた佐渡髭地鶏がおり、その風貌は神代を彷彿とさせる。この鶏が時をつくる声を上げたかどうかはさておき、その背後に昇るのが朝日ではなく春の月であるというところに俳諧味がある。（『新治』所収）

石鼎の尺八二管月祭る

昭和五十五年

54

石鼎が終生手放さなかった尺八が二管、今も錦の袋に仕舞ってある。石鼎は深吉野の月夜の晩に高見川の激流に掛かる橋の上で尺八を吹き、「耳を蔽ふ程の水音も次第々々に低くなつて、只自分の吹く尺八の音色のみが冴えて聞える。その音色こそ、実に一切の物音のほかにたつてゐるやうである」と、「荻の橋」に書いているが、明月の夜には、尺八の音色とともに石鼎の俳句開眼の一節が殷々とひびく思いがする。月祭の夜は、尺八二管を通して石鼎の魂を祭る夜なのである。

（『新治』所収）

寒鯉の悠々たるを叱咤せり

昭和五十六年

寒鯉の連作中の一句。鯉は冬が旬とされ、寒中の滋養となる。一連の作では鯉が厨房に運ばれて兄弟の団欒の席に置かれるまでを詠み上げている。即物的な把握ではなく、いのちの悲しみに対する認識に基づくもので、「写生より想像力へ」の実践ともとれる。そこには絵を画くために画室に大盥を据えて鮎や鯉を飼い、その動静に目を凝らした石鼎に通じるものがあろう。また、作品の背景を離れて、寒鯉に同化した作者、作者の自画像としても鑑賞できる。後年の作〈俎の鯉となりたる七日かな（昭63）〉は、胆嚢摘出手術を受けた折のもの。（『新治』所収）

山火見て二つのこころたたかはす

昭和五十六年

『四季の小文』には伊豆高原大室山の山火のことが記されている。麓の四方にかけられた火が山肌を這うように駈け上り、煙が雲となって灰を降らせる一部始終を向かいの山の大岩の上から眺め、「この山火に対している といつしか顔は真っ赤にほてり、にわかにわが守り本尊の不動明王がのりうつったかと思えるほどに血のたぎるのを憶えた」とある。「二つのこころ」とは、「怖」と「快」、或いは「固守」と「破壊」であろうか。山火の猛威は草の根の再生力を呼び覚ます。火の駈け抜けた黒々とした坊主山はほどなく美しい新緑の山へと姿を変える。

（『新治』所収）

蜂飼の瞳にあかしやの花ざかり

昭和五十六年

名古屋市郊外での作。川沿いの崖に咲くアカシヤの花は、かつて俳人協会の訪中団で訪れた万里の長城での記憶――林中に屯する養蜂家、黒々と積まれた集蜜箱、長城を這う蜜蜂の群など――を呼び覚ました。裕はこの句の原像を長城の蜂としているが、むしろ生家の養蜂の景が関わっているのではないだろうか。また、アカシヤに触発されて広がるイメージの重層性を「単眼から複眼へ」としている。打坐即刻の句を成すには、無意識の中にすでにイメージが出来上がっていることが求められる。

（第四句集『出雲』所収）

炉をへだて杣のことばの鮮しき

昭和五十六年

深吉野の石鼎の番組を収録するため、東吉野村小に鍵谷家を訪ねた折の作。掲出句の杣は、石鼎が当地の診療所に詰めていたとき小学生であった当家の主人鍵谷芳春その人とされる。杉冷えの山中の炉端で聞く杣人の生活の言葉は新鮮で、都会生活を営む者には「眼のうろこの重なり落ちる思いがした」という。そのことば一つ一つを受けとめることは、深吉野の風土と人情にふれて俳句開眼を果した石鼎を追体験するものであったに違いない。

(『出雲』所収)

棺の中物音もなし菊日和

昭和五十六年

たらちお命終七句中の一句。他に〈温顔のそのまま枯木菩薩かな〉〈父なくて木々にからめる虎落笛〉がある。厳格な躾をしてくれた実父との別れは劇的であった。出演した毎日テレビの「真珠の小箱」の「深吉野と石鼎」の放映を病床の父と見た後、帰宅した。その日の深夜、父の訃報を受けて再び帰郷することになる。納棺を終えると、広い庭先から遺愛の菊の香が流れて来た。棺の中の一種大悟の父を思うとき、「物音もなし」が言葉になって浮かんだという。

（『出雲』所収）

雁が音のそののち知らず石鼎忌

昭和五十六年

石鼎には雁の句が多いが、その集大成ともいえるのが〈秋はあはれ冬はかなしき月の雁〉である。石鼎終焉の地二宮には雁の渡りの道があった。秋から冬にかけて月夜に声を落として渡る雁は、石鼎没後、見られなくなった。石鼎とともに姿を消した伝統的美意識の表象である雁を惜しみ「そののち知らず」と詠じた。やや突き放した措辞に哀惜がこもる。他にも多くの修忌の句があるが、殊に心を費やした年の作〈見えて来し悲しみのいろ石鼎忌（昭和60）〉には拘りを持っていたようである。

（『出雲』所収）

紅梅やあさきゆめみし明けの雲

昭和五十七年

61

裕は白梅よりも紅梅から想を得ることが多かったようである。紅梅も白梅も枝ぶりや花のつき方に大差ないだろうが、紅梅を眺めて「一枝に咲く花の向き向きは面白いほどに天地八方に向いている。梅はつくづく宇宙の花だと得心した」という。紅梅は香りよりも色合いが愛でられるが、白梅が香るものなら紅梅は匂うものといえるのではなかろうか。浅き夢から覚めた眼に映るほのぼのとした明けの雲には紅梅のような匂いがあり、母恋いの情が揺曳する。〈紅梅や母の文箱に父の文（昭63）〉という作もある。

（『出雲』所収）

124 — 125

春浅き山家集より花こぼれ

昭和五十七年

62

〈ねがはくは花のしたにて春死なんそのきさらぎの望月の頃〉と詠じた通り入寂した西行を慕うのは歌人ばかりではない。石田波郷はその境涯に引き比べて〈ほしいまま旅したまひき西行忌〉と詠い、角川源義は〈花あればば西行の日とおもふべし〉と詠んだ。裕は源義が西行忌を西行の生涯の日々をさす「西行の日」と転じたように、『山家集』へと転じて、花の西行への心寄せを試みている。早春に開いた『山家集』から西行への思慕が、あたかも花が枝先から零れるごとく心に舞い降りてきたのである。

（『出雲』所収）

てのひらに富士をのせたる秋の暮

昭和五十七年

63

　同年の〈てのひらを雲の流るる春の山〉と一対の感がある作。「てのひら」という時空に壮大な夢を描いていたのかもしれない。裕の故郷でも赤く染まった西空を背景に掌にのるほどの黒々とした富士を見ることができるが、掲出句は手乗り富士で知られる三ツ峠山で詠まれたものである。作句には自分に納得させるように詠う方法もあり、この場所で成程と納得してできた句だという。敦賀で芭蕉が詠んだ〈月清し遊行の持てる砂の上〉に学んだ句作りだとしている。

（『出雲』所収）

大桜散るとき墨の香を流す

昭和五十八年

この桜は根尾谷の淡墨桜である。満開の盛りはさほどでもないが、深い渓に花びらを散らすとき、墨色が少しばかり濃く感じられるという話を聞いて詠んだもので、桜の散り時には逢っていない。しかし、それが幸いしたという。見ないで作る時も見ることを前提としていて見たいと思うことがイメージを引き出す。それは見る見ないに拘わらない絵空事とは違うという。花の散っていない大桜を眼前に据えて見たいと思う姿を思い描くことでイメージが凝縮されていく。その昇華を遂げた花こそが真の花の姿なのである。

（『出雲』所収）

ぼろぼろの炎かなしみ毛虫焼く

昭和五十八年

樹木に取り付いた毛虫を焼くと、火をあてがう先からぼろぼろと焼かれて毛虫が落ちる。そのたびに樹木は蘇るように見える。前作〈毛虫焼く垂れし炎を呰とし(昭46)〉では、攻撃のための呰が描かれ、まだ悲しみの情は見えない。だが、掲出句では、「炎とともに焼け落ちる毛虫が『かなしみ』を誘い出すのかが不思議な感覚」だとしている。「ぼろぼろの炎」は、毛虫のいのちのいろであり、炎に浮かぶ「かなしみ」は生きとし生けるものの、滅びゆく命に向けられた悲しみに他ならない。

(『出雲』所収)

天つ日の吹き寄せられし鯉のぼり

昭和五十八年

生家での無意識の世界の風景を詠んだもの。
堀込家に生を享けたとき、初節句に鯉幟が掲げられた。この句の躍動感は「吹き寄せられし」にある。鯉幟は一日中晴れた空を泳ぐ。鯉幟を存分に泳がせるのは天上大風であり、この大いなる風は太陽もろとも鯉幟を西空という宇宙の片隅へ吹き寄せる。西空の陽光のもと、鯉幟の鱗が光っている。その輝きは吹き寄せられた夏の太陽の生命力を帯びたかのようである。鯉幟は地上にかげを躍らせるとともに祝福の光を降り注いでいる。

（『出雲』所収）

石蹴つて鎌倉の冬起こしけり

昭和五十八年

鎌倉の吟行句。谷戸の切通しは鎌倉の防備の道で、巨大な置石が幾つも埋められている。偶々蹴った小石が周囲に当たり、その音が谷戸中に反響して鎌倉の冬が立ったと感じられたのである。この年『季の思想』を刊行している。道元禅師は北条時頼の求めに応じて、題詠十首を残しているが、その一つが「本来面目」であり、裕の提唱する季の思想の中枢をなす道歌である。掲出句からは、その教えの継承者としての決意がうかがわれる。他に〈鎌倉に夜の足音冬泉（昭40）〉〈夏鶯山に谷倉の闇いくつ（昭46）〉など、鎌倉では折々の吟詠がある。

（『出雲』所収）

はつゆめの半ばを過ぎて出雲かな

昭和五十九年

石鼎の分骨の旅で初めて訪れた出雲は、築地松に囲まれて点在する農家も雲の美しさも不思議な眺めで、出雲ことばは神代のことばのようになつかしく感じられたという。日常の裂け目に覗く精神風景が詩の世界であり、それは夢にも通じる。初夢は太初の心で見る夢であり、そこに現れた出雲は石鼎の貌として印象された。断片的な夢が一連の物語をなすとき、自らの立ち位置が明らかとなる。「半ばを過ぎて」が言葉となったとき、それは驚きと喜びに満ちた瞬間だったという。裕はこの句を神仏から賜わったとしている。

（『出雲』所収）

点るごと立春の豆石の上

昭和五十九年

槙の木に囲まれた石鼎旧居の中庭では、節分の夕刻に豆撒きが行われる。縁先から撒かれた豆は、茶室へと続く庭石や蹲踞の石の上にもぱらぱらと落ちる。節分の夜、追われた鬼の肌に触れて魔力を授かった豆は、蹲踞の傍らから差し込んで来た朝日を受けて点るがごとき「立春の豆」となる。節分の豆が一夜の闇を抜けて「立春の豆」として存在する不思議さ。立春の喜びは新年の喜びに連なるが、追儺の後の「新年」の感は殊更であるとしている。

（『出雲』所収）

引鶴の天のとのふ真昼かな

昭和五十九年

鹿児島県出水の引鶴の連作中の一句。この地で塒をなして越冬した八千羽の鶴は、春になると一群ごと引いていく。引鶴日和は、薄曇りの日。飛び立つ前には餌に目もくれず、天に首を向けて只管に時を待つ。子鶴を中に置いた雌雄一対の鶴は、天が調うとこの地との別れを惜しむかのようにゆっくりと旋回しながら上っていき、横ざまに風の流れに乗る。裕は「胸のしめつけられる、思い出してもなつかしい気配が、あたりに充満するのはこの一刻である」としている。それはまさに「身を切るなつかしさ」であったのだろう。

（『出雲』所収）

端居して常夜の国に近くゐる

昭和五十九年

涼を求めて端居をしていると、次第に濃くなる夕闇に常夜の国が思われる。常夜の国とは、伊弉諾尊が隠れた黄泉の国、素戔嗚尊の住む根の国、或いは端的に死者の国と捉えていいのかもしれない。いずれにせよ想像力を駆使して訪れる、現世とは別の闇の支配する世界である。「端居」という夢現の境を暗示するかのような言葉の響きが、現世の端に連れ出し、吹き渡る夜涼の風とともに「常夜の国」を身近にする。

（『出雲』所収）

良寛の海に下り立つ素足かな

昭和五十九年

良寛の里、出雲崎での作。出雲崎では海岸に下り立ち、海上に林立する雲の峰の下に隠顕する佐渡島を眺めている。佐渡は、良寛の若くして他界した母の故郷で、良寛は朝な夕なに海上に浮かぶ島影を見つめ、母への慕情を募らせていた。その海に下り立ち、素手素足という赤心で良寛の風景に包まれたとき、そこに良寛を見、良寛の心を感じたのである。良寛の和歌、手毬禅、天上大風は、季の思想の指標であった。〈弥彦より親不知まで雲の峰〉は同時作。

（『出雲』所収）

なほ残る桜紅葉は血のいろに

昭和五十九年

日本文学風土学会の南九州文学現地踏査の旅中吟で、知覧の特攻隊の鎮魂歌。知覧の基地を飛び立った特攻隊は、薩摩半島南端の開聞岳を本土最後の景色として眼に焼きつけ蒼海へ向かったというが、今その開聞岳の裾にあかあかと残る桜紅葉が「尽忠」の魂のいろとして印象されたのである。郷里には土浦の予科練があり、また学徒動員の経験もある裕にとってそれはなお癒えない痛みのいろでもあったろう。桜には紅葉も含めて戦地で果敢に散るイメージがあるが、それだけでは掲出句の解釈にはならない。「なほ残る」に込められた思いは深い。

（『出雲』所収）

西行のうた懐に耕せり

昭和六十年

74

農を営み西行の研究に努める旧友を詠んだというが、自画像とも取れる作である。農家の出であった裕にとって晴耕雨読はあこがれとするライフスタイルだったのかもしれない。それはある時期を境に作務衣を好むようになったことからも窺われる。掲出句は、大磯の鴫立庵の西行祭の選者吟として献じたもの。並々ならぬ西行追慕の念があったようで、弘川寺の西行墳を訪れた折、灌木の生い茂る墳に一気に駈け上り、墳の上に据えられた小さな墓石を愛おしむようにいつまでも撫でていたという話がある。

（『出雲』所収）

150 ― 151

十一面観音桜見にゆかん

昭和六十年

75

花時の琵琶湖の十一面観音像を原像とし、長谷寺の十一面観音像をイメージした作。十一面観音はアニマだと裕は言う。句の切れが「十一面観音」か「十一面観音桜」とするかで鑑賞が異なることから賛否両論を呼んだ問題作であるが、言葉の不確定性が鑑賞者を虜にするのは詩のレトリックであり、それが功を奏したともいえる。謎は謎のままでもいいと思うが、「わたしには『十一面観世音』の世界の『桜』がなつかしく思われた」と自解しているので、作者としては後者であったのだろう。後年、〈十一面観世音桜見にゆかん〉と改作している。

（『出雲』所収）

八重垣の雲のほぐれし秋日和

昭和六十一年

76

松江から出雲を巡る吟遊の二十六句中の一句。八雲忌の講演の中で、人間と風土の関りには定住する人生と漂泊する人生とがあり、小泉八雲や原石鼎は、漂泊する中で風土を発見したと述べている。一連の作には、石鼎の漂泊者の眼に従うかのような出雲の風土への眼差しがうかがわれる。掲出句は素戔嗚尊のうた〈八雲立つ　出雲八重垣　妻籠に　八重垣造る　その八重垣を〉に想を得ている。出雲は雲の千変万化する土地柄だが、「秋晴れ」の形象を念頭に置いたという。

（第五句集『正午』所収）

流し雛天を仰ぎて押し黙り

昭和六十二年

77

流し雛の句には〈水中に結ぶ藻のかげ雛日和（昭53）〉〈龍宮へ落つる水脈あり流し雛（昭62）〉もあるが、流し雛のモチーフにはハムレットのオフィーリアの最期が浮かぶ。福田恆存の演劇論に端を発し、道元の「有時」を経て「現在只今がすべてであり、現在只今の中に過去も未来もある」「時間は観念でなく具体的なもの」という俳句の時間論を展開した。掲出句の流し雛には、流されながら祈りの歌を口遊んでいたオフィーリアが黙り込む瞬間が重なる。

（『正午』所収）

六月の海原に玉沈めんか

昭和六十二年

78

西湘の地では梅雨に入り、大雨が降り続いた後、雨の止んだ夜半に海鳴りが聞こえてくることがある。河口から濁流の流れ込んだ海のうねりは梅雨の鬱陶しさと相俟って耐え難く心中に響く。この梅雨の海のモチーフは、同時作の〈梅雨の海平らならんとうねりをり〉〈六月の海原平らならざる闇（平4）〉〈梅雨の海うねりて岸へ寄らしめず（平6）〉と繰り返される。六月の海のうねりを鎮めるためにはかけがえのないもの「玉」が沈められなければならない。弟橘媛命の伝承を踏まえた作だが、この海のうねりは容易に収まらなかったようである。

（『正午』所収）

冬銀河女体のごとく横たはり

昭和六十二年

79

掲出句の背景には、安東次男が蕪村の「澱河歌」を艶詩であると指摘したことがあるのではないかと思う。母恋いの人石鼎と共通点の多い蕪村への関心は高く、「永遠につながるものとしての母への思いは深く」それが作品にも表われていると分析している。冬銀河のあたたかなイメージを引き出してみたと言っていたが、それは冬銀河の中にある郷愁やなつかしさということになろうか。それにしてもこの「女体」が棟方志功の天女のように俗気を超えた印象があるのは、地上の河を天の川に転じたからかもしれない。

（『正午』所収）

ふるさとの山を盾とす立夏かな

昭和六十三年

ふるさとの山は、一日に七度彩を変えるという筑波・加波の山並である。戦時下にあった多感な十代、慈父のごとく見守る山並に慰められる日常を送った。心の中に宿る山容は、なつかしい故郷の象徴だけでなく、他郷にあっては艱難辛苦に立ち向かう心の盾となる。立夏の山に向かって志を詠った句は、少年の頃愛読した石川啄木の「ふるさとの山に向ひて」の歌に呼応する清々しさがある。掲出句は、平成七年五月、下館市（現筑西市）妙西寺の一角に句碑として建立された。（『正午』所収）

蟷螂の枯にしたがふ水際かな

昭和六十三年

十月初めともなれば枯れの気配が立つだろうが、コウ子の百日忌を修した眼には、この枯蟷螂の出現は驚きであったのではなかろうか。蟷螂が季節に従って枯れるというのは俳人が作り出した虚構であるが、それを逆転させたのもメルヘンである。季節は季節の景物によってもたらされるが、その景物一点から季節は広がっていく。水際は季節の水際でもある。この季節の立ち方は〈けさ秋の一帆生みぬ中の海　石鼎〉にも通じよう。枯蟷螂に端を発した枯れの広がりは、母コウ子の喪失とともに心中に深い影を落としたことは想像に難くない。

（『正午』所収）

小鳥来る沖の一線ゆらぎそめ

昭和六十三年

82

眺望の開けた相模灘の沖より湧くように現れる小鳥。陸上を渡る小鳥と海上を渡るそれとは異種かと思うほどの違いが感じられる。水平線をぐらぐらと揺らして出現する小鳥の大群は、大海を渡りきる逞しい生命力の躍動そのものである。海上を来る鳥は、水平線を境として不可視の領域から可視の領域へと飛来し去っていく。その在り様は無意識の世界を想像力によって意識化することを示唆するものであった。心奥に眠るものを呼び覚ます渡り鳥は裕の歌心を刺激して止まなかった。(『正午』所収)

166 − 167

一つ火の宙に坐れる寒さかな

昭和六十三年

藤沢市の一遍上人ゆかりの遊行寺では、十一月に歳末別時念仏会が催されるが、その圧巻は、堂内の灯が消された暗黒の闇の中にただ一打で火を鑽り出す一つ火である。〈六方の燭の火を消す滅灯会〉〈阿弥引きの陀張念仏滅灯会〉は同時作。滅灯会から一つ火となり、堂内の緊張の中、石が放つ緑の火が火口に打ち込まれると、次第に高くなる念仏の唱和とともに炎となって立ち上がる。この清浄無垢の甦りの火は冴え冴えと冬夜の闇の中に坐るのである。裕はこの行事に魅かれ、毎年のように足を運んでいた。

（『正午』所収）

草の餅つまめば笑窪生まれけり

平成元年

84

初出は〈草餅をつまめば笑窪生まれけり〉。平成三年、掲出句に改作。前作に〈天恵のゑくぼつらねし蓬餅（昭59）〉〈波郷以後草餅の香のうすれたる（昭59）〉がある。春の野に萌え出る蓬を餅に搗き加えて作る草餅は遠き日の記憶を呼び覚ます和菓子であった。「草餅をつくる母の手許をのぞき込んで、つぎつぎとみどりの餅が、無造作に生まれて来るのが不思議に楽しく思われたむかしのこと。それらの一つ一つに母は指先で笑窪のようなへこみをいれていました」と回想している。草餅を囲む人々の姿が「笑窪」一語に集約されている。（「鹿火屋」所収）

駅伝の首尾ふところに初箱根

平成二年

東京箱根間を継走する箱根駅伝は、西湘の地に新春を運ぶ風物詩である。年々、二日、三日と自宅近くの沿道で小旗を振りながら声援を送るのが習いであった。往路の圧巻は山登りで、小田原を過ぎると選手たちは前後を競ってゴールの芦ノ湖を目指す。その景を、箱根連山が、山路を行く先頭の選手も最後尾の選手も温かく懐に抱きとっていると感じていた。初箱根は、初富士、初筑波への祈りの心に準じて、わが風土としての箱根連山の新年の心を表わしてみたという。

（遺句集『平成句帖』所収）

光り降る泰山木は花か鳥か

平成二年

西隣の蘇峰堂には山道に沿って十数本の泰山木が植えられていた。早朝、光沢のある葉が陽光を受けて金色に輝くと、林立する泰山木は巨大な屏風と化す。下から見上げても分らないほど高い所に咲く花は、天へ向かって開く蓮華座で、一花一花には諸仏が座られるのが想像される。これを裕は「泰山木曼荼羅」と呼んでいた。神々しい光を放つ泰山木には折々の鳥の声が絶えない。白い球をほどくように開いた花は、鳥か花かと見紛うばかりに光りながら降ってくる。前作に〈徹夜稿泰山木に朝の神（昭46）〉がある。

（『平成句帖』所収）

山稜や能の歩みの月のぼる

平成二年

大山阿夫利神社の薪能を参観しての作。観能に親しむようになったのは夫人和子の影響であろう。大山では能の他、仕舞や狂言も演じられる。〈まんまるな月こそ今宵薪能〉〈蚊相撲のいま勝負どき風吹けり〉など自在な詠み振りの同時作もある。月の美しい秋に催される大山薪能は、「月の能」である。演目が進むにつれて山稜の闇は次第に濃くなり神域の深さとなる。その間、人知れず昇り始めた月は尾根伝いに輝きを増していく。山稜を渡る月の歩みは滑らかな摺り足の能の歩み。天人相呼応する「月の能」の一夜を詠みとめた優美な作。

（『平成句帖』所収）

子規忌のベッドにもの書かざれば只の人

平成三年

〈子規忌の風に眉根研がれてゐるごとし〉は同時作。この年の九月、病に倒れて東海大学大磯病院に入院、左半身に麻痺が残り、リハビリの日々を送った。病床で「只の人」について、「只の人」は自己否定ではなく、文字通り「只の人」、事実「只の人」であるにかかわらず「只の人」になりきれないと苦悩する。そして子規忌を迎えたとき見えたのが、病牀六尺の世界でものを書き続けた子規の姿であった。「もの書かざれば」という自己本来の姿を見出し得たのも、子規忌という季の計らいと人間探求の精神があったからに他ならない。

（『平成句帖』所収）

大和柿つやつやとして病良き

平成三年

前作に続く病床からの挨拶句。大和柿は御所の地で誕生した絶品の甘柿をいうが、ここでは大和地方から届けられた柿と解していいと思う。大和柿を手に病中の身を養っている姿が浮かぶ。そのつやつやとした輝きをもって応える柿に癒されたことであろう。「病良き」には自ら鼓舞する祈りがこもる。〈裕忌や大和の柿を灯とす和子〉は、角川春樹編『季寄せ』(平成十二年)に裕忌を収録する際、例句の求めに応じて詠まれたもの。なつかしさを彩る柿色は裕の魂のいろである。(『平成句帖』所収)

喫茶去の乙女の背丈涼しかり

平成四年

茶栈敷か縁台での景。鎌倉の禅寺で想を得たものであろう。「喫茶去」とは、茶席の禅語で「お茶を一服どうぞ」という意味である。趙州和尚が誰にでも「喫茶去」と言ったことから出ており、凡聖、貴賤、男女、自他などの区別のない無心に基づく。過去と現在を分つ一切の意識を断ち切った境地であり「現在只今」をすべてとする心とも解される。掲出句の乙女が茶を点じる側か、出される側かは定かでないが、禅の教えに触れた背丈に涼しさを見たのである。

（『平成句帖』所収）

金剛の杖受けし夢花野なか

平成四年

金剛杖は遍路によって運ばれる弘法大師の分身で、途次彼らを支えるとされる。この金剛杖を花野の中で授かる夢を見たという作。作句当時杖を日常的に使うようになっていたが、花野を通るとき、かつて高野山への旅の途中、風に吹かれて花を摘んだ晴天の花野の記憶が蘇り、杖が金剛杖と化したかのような幻想を見たのであろう。花野への思いは深く「秋の高原に咲き乱れる千草の花のながめは華やかであるが、一つ一つの花はかぼそく淋しい。この華やぎと淋しさの織りなすなかに集く虫のこえも聞かれて花野は秋の浄土である」とする。

（『平成句帖』所収）

投げられし毬は春日となりて落つ

平成六年

兄弟で投げ交わす野球の投球練習。しかし、投げられた毬の先に受け取る相手はなく、毬は春日となって落ち、そのあとは虚無感の滲む闇となる。裕は、五男三女の八人兄弟であったが、このうち無事に成人したのは、男三人女二人の五人であった。そして、この春、末弟を亡くす。掲出句につづき、白衣を着て集中治療室に入り、頭を撫でて弟を送る春の別れが詠まれている。「春日となりて落つ」は、その命終を詠いとったもの。同時作に〈病床の泪一粒春逝かす〉〈いかのぼり天をすべりし別れかな〉がある。

（『平成句帖』所収）

ほととぎす鹿島の土のほこほこと

平成六年

93

杖を突いて鹿島神宮を奥の宮、要石、神代の泉まで歩を伸ばした折、森を震わすばかりにして始まった杜鵑の遠音が、即刻、頭上で鳴き交わす一対の声となった。それを裕は自分が鹿島の森と一体となろうとした志を「鹿島の神が迎えられて贈られた季節のこえ」と受けとめたのだった。かつて暁天に杜鵑を聞いた時、道元の「夏ほととぎす」を得心したというが、鹿島の森でも身体中になつかしさを響かせる声に出会ったのである。「ほこほこと」という土の感触を伝える表現が柔らかく温かい。

（『平成句帖』所収）

道元のこゑなきこゑに冬籠り

平成七年

冬の間、鳥獣や草木に倣って活動を止めるのが冬籠り。座禅に似て静止した時間は内観を促し、最も豊かな想像力が働く。道元の〈春は花　夏ほととぎす　秋は月　冬雪さえて冷《すず》しかりけり〉のうたと向き合うとき、空洞になった心身に響いたのが「道元のこゑなきこゑ」であった。前作〈頭の大き子規の画像に冬籠る（昭56）〉では、子規の巨大な頭から明治期の俳句革新を思い、また子規の愛称「のぼさん」から、少年時代、母親に「のぼ、のぼ」と呼ばれたことを回想している。内省から本名の昇を思い出すなつかしき日々へ、これも冬籠りの効用であろう。

（「鹿火屋」所収）

月球の兎が育つ春の草

平成七年

春に萌え出る草は瑞々しく芳しい。この春の草の生気を吸うように天空では月がゆったりと満ちていく。それを月球に棲む兎が育つと詠いとった、「写生より想像力へ」の到達点を示す作である。〈春宵や人の屋根さへみな恋し　石鼎〉を本歌とし、〈屋根屋根に乳の香流れ春の月（昭50）〉と匂うばかりの月を詠んだ作もある。さやかで清浄な秋月に対し、朧にかすむ春月の風情はなつかしさの情に添う。掲出句の森羅万象に向けられた柔らかく温かなまなざしに滲むものは、なつかしさの極致といえよう。

（『平成句帖』所収）

手毬唄とをを数へて又一へ

平成八年

良寛禅師の〈つきてみよ　ひふみよいむなや　ここのとを　とをとをさめて　またはじまるを〉を踏まえた作。柏崎を訪れて貞心尼の遺墨である『蓮の露』を見る機会を得ている。そのとき、「つきてみよ」という時の優しい良寛の表情と四方から心を包む声を感じている。手毬唄はすべて一より十までの歌詞で成り立っているが、これを人生の悟りの歌としたのが手毬禅である。日本人には春夏秋冬と円を描いて循環する時間認識があるが、手毬唄はそれを暗示しているかのよう。季の思想を開く、良寛の手毬唄である。

（『平成句帖』所収）

頭頂の花芽を待てる枝垂《しだれ》桜かな

平成八年

石鼎の桜が吉野山中の桜ならば裕の桜は長興山の枝垂桜である。毎年桜の季節になるとこの桜に会いに出かけた。山中の一本桜は頭頂に笠を乗せたような姿をしている。開花寸前の桜に出会ったとき、それは一期一会の花、桜の本性を垣間見るものだった。「花はもちろん蕾とてまだ現れない見事な枝ぶりの樹肌が、花を待ちこがれるように、全身さくら色に発光しているのであった。（中略）やがて開花する枝垂桜の妖麗さにまさるともおとらぬ風情であった」と感慨深く述べている。

（『平成句帖』所収）

玄関に蟇の来てゐし良夜かな

平成八年

秋の明月の夜、玄関に蟇が現れた。この家には古くから蟇が棲みついていて、新婚の頃、都会育ちの夫人和子が蟇に遭遇するたびに怖がるので、ブリキの塵取りに乗せて近くの草叢に捨てに行くのが役目だった。筑波山は四六の蝦蟇で知られた地。裕にすれば故郷につながるなつかしい景物であったに違いない。中国では蟇は月に棲む動物の一つであり、玄関先で月を眺める蟇は一興である。ところで、月に棲む動物の筆頭はやはり兎であろう。〈無月なる庭に出てゐし家兎（昭54）〉という遊び心のある句もある。

（『平成句帖』所収）

麦の芽を風が起こしぬ相模灘

平成九年

農家に生まれ育った裕にとって、麦踏は印象的な農作業であった。北風に吹かれながら畑の端から端まで大地を蹠から離すことなく同じ姿勢で麦を踏む動作を繰り返す。その姿は麦と同様に大地を離れては生きられない「我」と重なる。踏まれて大地に伏した芽を起こすのはこよなき生活の地である相模灘の癒しの風である。晩年の作であり、病を得た身は自ずとこの地に隠棲した石鼎への思いを深くさせるものであったに違いない。

（角川「俳句」所収）

八朔の天上大風響き止む

平成十一年

100

死去の数か月前の作で、詠み納めを暗示している。最期を迎えた湘南大平台病院の高階の病室には、相模灘から吹き寄せる風が鳴り響いていた。〈八朔の天上大風聞きとどむ〉が初案。良寛禅師が大書した天上大風は天空のみならず、空《くう》なる体内を吹き抜けてゆく宇宙の風である。この宇宙の風は裕の作句の原動力であった。最後まで耳に届いていた宇宙の風音は、その生涯の作品という収穫を言祝ぎ、響きを収めたのである。

裕の忌日は十月二日。

（『平成句帖』所収）

なつかしさの彩

一

　俳句はそれが詠みだされた瞬間から作者の手を離れる。手を離れるということは、その句が如何ように解釈されても作者は一切異議を差し挟むことはできないということである。しかし、作者の言わんとすることを十全に伝えるには、俳句形式はあまりにも短い。勢い、その言い足りないところを読者が補って読むことになる。断わっておくが、これはその作品が不完全であることにはならない。それは俳句の出自によるもので、俳諧の発句の性質を負うためである。もし、俳句が作者の思いや感情の断片しか表現し得ないものだとしたら、そしてそれが読者の独善的な受け止め方を許容するものであるならば、俳句作品は読者の力量に応じて如何ように解釈されても構わないことになる。しかし、大望をもつ作者であれば、自分の作品がより多くの読者に受け容れられるのと同時に、その作句意図が正確に伝わることを希求する筈である。この二律背反のテーゼを克服するために、作者は俳句形式と熾烈な格闘を演じることとなる。たとえ言葉にある種の圧縮や歪みがかかってもこの精神を貫くためにそれは敢行される。更に、俳句が一面的ではなく重層性を帯びるとき、一層複雑な様相を見せることになる。つまり、一見、平板な絵のように見える表現の裏には何重もの扉が用意されているからである。言うまでもなく、読者、すなわち鑑賞者は、自らの知恵と経験、そして作品の背景や作者についての知識を駆使してこの扉を一つずつ抉じ開けていかなければならない。作品の中に仕掛けられた誤読という罠を躱しながら。だが、この困難な作業も作者への愛着があれば楽しい筈である。その扉を一つ一つ開いていくたびに鑑賞者は作者の心に近づいていくからである。しかし、作者は容易にその貌を現さないし、一瞬貌が見えたかと思うと次の瞬間見失っていることもある。

そして、扉が一つずつ開いていくたびに風景として、或いは物として見えていたものが一つ一つ姿を消し、奥底に据わっているのは、作者の心の彩だけとなる。大抵の場合、そこまでたどり着くのは難しい。何故なら鑑賞者も自我をもった他者であるから。だが、幸いにしてあらゆる先入観を捨てて一心不乱に作品の中に入り込み、複雑に仕掛けられた（或いは鑑賞者自身がそれとは知らずに仕掛けた）罠を躱しながら、作者の心奥にあるものを覗くことに成功したとしたら、それは鑑賞者冥利に尽きるといえるだろう。

原裕は、桜花爛漫の上空を曇り空が被さっているのを見て、はじめて〈うれしさの狐手を出せ曇り花　石鼎〉に詠われた狐を感じたというが、それはまさにこの句を詠んだ石鼎の心奥を覗いたことを意味する。それは奇しくも亡くなる年の春のことだったが。

二

それでは、原裕の句の心奥にあるものは何かというと、いうまでもなく「なつかしさ」である。「自然物であれ、生活であれ、こころの奥になつかしさを呼び覚ますものを詠みたい。なつかしさは過去にかかわるならば原初的ななつかしさを、現在にかかわるならば身を切るなつかしさを、そして未来にかかわるならばいのちの尊厳にふれたなつかしさを（『正午』あとがき）」という言葉に表わされている通り、その心奥にある塊はなつかしさに彩られている。このなつかしさの塊に触れ、そのなつかしさを共有することが出来なければ、本当の意味で、裕の句を読んだことにはならない。ただ、裕のなつかしさの根源は深いところにある。幼少期から今日までという一世代の体験や記憶が引き起こす「なつかしさ」だけでなく、それは無意識の中から立ち上がってくる感情なのである。人間としてのなつかしさといっていいのかもしれない。人間は、この世に生まれ出るとき、母親の胎内で進化の過程を全て経験してから生まれてくるというが、この遥か太古からの記憶が呼び覚ますものが、無意識の中から湧き起ってくるなつかしさなのである。それは、原初的な感情に働きかけるなつかしさといえよう。自然物がなつかしいのは、かつて見た風景であり、かつて体験した「われ」であるからということができるかもしれない。それがありありと眼前にあるとき、身を切るなつかしさとして感じ取られ、未来が思われるとき、なつかしさはわれなき世界へと続くいのちの尊厳に対する祈りとなる。

「なつかしさ」は、原裕の主題である。なつかしさは実作を通じて追求され、なつかしさの俳句理論は構築されていった。原裕は理論家だといわれるが、決して理論先行型の俳人ではなく、実作の中で見えたもの、直観されたものを理論として提示していたにすぎない。実作者というのは実作によって俳句を会得するのだから、その歩みは蝸牛のように間怠いものであるが、その後にきらきらと輝く道ができるように、俳句の道が残されていく。その理論は身に添った揺るぎないものとなる。もし、理論を先に組み立ててしまうと自縄自縛となり、その先へは進めなくなる。だが、実作者は常に実作の中にその道を模索し、取捨選択しているのでディレンマに陥ることはない。往々にして、実作者は理論に無関心のように思われるが、決してそうではない。これは、無宗教者に信仰心や祈りがないわけではないのと同じである。もし、彼が詩の言葉の中に信仰を見出し、生涯に亘ってその言葉を唱え続けたとする。そのとき、詩のことばは彼にとっての真言となる。実作者にとって真言とは、先人の俳句の中に見出された詩のことばであり、この言葉を灯火として掲げつつ俳句の闇を邁進するのである。

三

ならば、原裕の中で響き続けた詩のことばとは何であったのだろうか。それは、〈春の水岸へ岸へと夕かな　石鼎〉であった。裕は多感な少年時代、この句と出会う。戦後間もない昭和二十二年のこと、茨城県下館町（現筑西市）の須藤書店を訪れた高校二年生の少年は、引き寄せられるように「鹿火屋」を手に取り、その巻頭に記されていた「春の水」の句の悠久の調べの醸し出す抒情の虜となるのである。

この少年、堀込昇は、昭和五年茨城県真壁郡大田村（現筑西市）で農業と養豚業を営む夫婦の長男として生を享ける。裕作品に現れる故郷の、原初的な風景は筑波山を正面に据えた生家にあると言っていい。石鼎の晩年を二宮でともに過ごした昇は、石鼎没後、昭和二十七年に原家に入籍し、俳号を原裕とする。昭和三十六年、かねてより私淑していた石田波郷を媒酌人として浅見和子と結婚する。波郷は、人間探求派の作家の一人だが、波郷の観念性を払拭した「私俳句」の影響を強く受けることとなる。波郷の影響は、初期の作品群における数々の生活詠に顕著にみられるといえるだろう。裕がホトトギスの花鳥諷詠の系譜を引く石鼎の句に心酔して投句を始めたにも拘わらず、人間諷詠を主張するようになるのは、第二芸術論への反発もさることながら、人間探求という新時代の俳句への期待が高かったものと思われる。

俳句作家にとって、最初に感銘を受けた句はその作家の俳句観を形作る。しかし、その一方で独立した俳句作家となるためには、先人の俳句観を踏襲するだけでは不十分である。そこには当然反発が起きる。いわゆる「石鼎離れ」である。ただ、すでに作家の中で核となった俳句観、俳句の美意識は容易に払拭できるものではない。そこで、小室善弘の指摘する通り、裕の言動は「石鼎離れの石鼎発見」という奇妙な軌跡を描くことになる。これは「石鼎回帰」と言い換えることもできよう。しかしそれは単純な往復運動ではなく、「石鼎の求めたところを発見する」という収穫を抱えての回帰であった。そして、この回帰を可能ならしめたのは、もっと言えば、そもそも花鳥諷詠から人間諷詠へという飛翔を可能ならしめたのは、石鼎の教えの最も敬虔な信者である夫人コウ子の存在であった。自然諷詠だけでなく生活詠にも長けていたコウ子の句は、花鳥諷詠の陰に隠れていた人間諷詠への志向の後押しをするものであった。裕の人間諷詠が絶えず自然を視野に入れたものであり、人間一辺倒にならなかったのもコウ子の句が範となっていたからともいえる。更に、虚子の「人間は自然の一部である」の再認識をもたらし、自然との融合を目指す人間諷詠の在り方を打ち出すことになる。

だが何と言っても石鼎発見の最たるものは、石鼎が鹿火屋俳句の根元とした「淋しさ」の中に「なつかしさ」を見出したことである。なつかしさの前提には、不在や喪失からくる淋しさがあり、なつかしさと淋しさは表裏一体の感情なのである。この発見について「石鼎の句は、（中略）その表現せられたところのものは、いずれも淋しさを経てなつかしさに至る」と結論付けている。

四

このように、原裕の俳句理論は「なつかしさ」を核として展開する。昭和四十六年、裕が主宰継承の布石として打ち出した「写生より想像力へ」は、翌年には芭蕉のなつかしさの考察を通して「写生より想像力へ」と「なつかしさ」が一双の指標として明示される。まず、「写生より想像力へ」は、写生に始まり直接五感で感じ取れないものを想像力の働きによって、自然、対象の中にイメージを広げ、俳句を完成させよという提言である。この論は、大江健三郎が強調していた想像力を俳句的視座に置換したものであり、当時すでに山口誓子や水原秋櫻子に実践されていた俳句の底流を浮き彫りにしたものとして注目された。

ただ、想像力は必ずしも健全な働きをするとは限らない。そこで、「なつかしさ」が必要になる。岡潔の情緒論に関心を寄せていた裕にとって、「句を作るときの写生は外部に対立しないで、自分のものである自然を情緒であたたかく包もうとする働きのこと」という阿波野青畝の写生論は、最も共感できるものであった。

　また、「写生より想像力へ」は、写生よりも想像力を重視した作句方法に取られることも多いが、決してそうではない。裕の作句論は、写生から軸足を離さないものであり、写生を突き詰めていくのが想像力なのである。この「写生より想像力へ」においてもコウ子の存在は不可欠であった。何故なら「写生は俳句の門戸であり、敷石である」という石鼎の教えを信仰のように守り、その資質によって想像力あふれた作品を生むコウ子は、まさに身近な「写生より想像力へ」の実践者だったからである。

　写生を突き詰めるというのは、物に触れて起こる感動の根源を見極めること、つまり詩因を探ることになる。それは内面の世界への階梯を降りることを意味する。この行程が想像力の働きである。普段は意識していない無意識の世界に関わるとき、「想像力は人間の内部に混沌としてある蓄積された記憶、感情を一つのイメージにまとめ上げる力となる」。そして、想像力が自己の内部に分け入っていくとき、先導するものこそが「なつかしさ」なのである。裕は写生におけるなつかしさと想像力について次のように述べている。「俳句は物に即する詩であるから（中略）物に即し想像力を働かすのである。しかもなお、その想像力は現実の事象のうちにひそむ真・善・美に向けられるので、その表現はなつかしさの情を読む者のこころによびさますものとなる」と。

五

ものに執する写生論が季へと転じられるとき、そこに生まれるのが季の思想である。俳句に宗教観は無用とする向きもあるようだが、原裕の場合、宗教観——それは芭蕉につながる——を抜きにして語ることはできない。宗教が生活者の知恵、つまり哲学として捉えられ、これが俳句の文脈に翻訳されるとき、季の哲学、季の思想となる。季の思想の真言は、道元の「本来ノ面目」のうたである。〈春は花　夏ほととぎす　秋は月　冬雪さえて冷しかりけり〉春は花に宿り、夏はほととぎすに宿り、秋は月に宿り、冬は雪に宿る。この季節の表象そのものが季節として目に映じられてくる。季節という「とき」が「もの」として現前する。これが俳句における「有時」、存在は時間なりということなのである。

この「有時」を考えるうえで触れておきたいのが、裕が若き日に心酔した福田恆存の演劇論『人間・この劇的なるもの』の一節である。「舞台のうえでは、すべてが二重性において進行する。私たち見物人のまえには、つねに現在しか存在しない。その現在はつぎつぎに過ぎ去るが、それはけっして過去にはならない。つぎつぎに眼前に現れる現在のうちに、それらは一切ふくまれている」。

この演劇論が俳句に転じられるとき、そこでは「時はまさしくいろどられた点として、物としてうたい出すことになる」のであり、「生を写す」という写生の本願が達せられるのである。この道元の思想を継ぐものとして裕は良寛に心を寄せる。〈形見とて何か残さん　春は花　夏ほととぎす　秋はもみぢ葉〉。実作者として季の宿るものと対峙する時、良寛の歌の方が身に添うものであったのではないかと思う。良寛はその手毬禅、天上大風として裕作品の中に文脈を作ることになる。

更に、季の思想は形式論へも及ぶ。「存在は時間なり、として時間を『季』であらわすならば『有季定型』という思想はまさしく現在に執し、眼前の事物を写すことに『生命のありよう』を把握している」ことになる。

たとえば、桜は花から葉桜そして桜紅葉へと刻々と変化していくが、この流れ去る時間の一点に心を留めるとき、それが季節のことばの彩りとなる。そして四季という循環する時間が必ず通る一点として季が降り積もるとき、時間の集積としての存在となる。これが季語である。更に、先の演劇論に添うならば「我」もまた時間の集積としての存在といえる。つまり、自然と我という異なる二つの時間の集積としての存在が出会う、現在只今は一回性の尊い瞬間なのである。裕が、有季定型・二句一章をいうとき、それが発句に由来するからだけでなく、時間の存在である自然と我の出会いを可能にする形式だったからということができるのではないだろうか。

これまで見てきたように、裕の「なつかしさ」は、写生を軸に想像力へ、そして季の思想へと展開した。その軌跡は石鼎の「春の水」に導かれた旅だったといえよう。

原裕の句は百年先までも残ると明言したのは、秋山巳之流であった。この予言が現実のものとなるための一助になればとの思いで筆を執った。また、「陵真文化振興基金」の助成を受けることが出来たのも幸いであった。原裕の残り香を慕う多くの俳家の方々、出版界の方々に支えられて今日の私があることを、そしてこの稿が成ったことを心より感謝して筆を擱く。

（本文中の敬称は略した）

二〇二三年六月五日

主な参考文献

『実作の周辺』Ⅰ（昭和五十一年）
『実作の周辺』Ⅱ（昭和五十二年）
『原裕集』自註現代俳句シリーズⅠ期（俳人協会、昭和五十三年）
『季の思想』（永田書房、昭和五十八年）
『季のこころ』（四季文庫、昭和六十年）
『原裕　俳句教室読本』（昭和六十三年）
『原裕作品集』（本阿弥書店、平成元年）
『四季の小文』（ふらんす堂、平成三年）
『原裕研究ノート』（鹿火屋会「鹿火屋」編集部編、平成七年）
『「現代俳句」ことはじめ』（鹿火屋会、平成十年）
原裕句集『平成句帖』（本阿弥書店、平成十二年）

初句索引

あ行

か行

さ行

た行

季語索引

著者略歴

原　朝子（はら・あさこ）

昭和37年　神奈川県生まれ
平成10年　「鹿火屋」入会
平成12年度鹿火屋新人賞受賞
平成17年度鹿火屋賞受賞
平成24年　「鹿火屋」副主宰
平成28年　「鹿火屋」主宰

現在　「鹿火屋」主宰　俳人協会幹事

句集　『やぶからし』（2007年ふらんす堂刊
　　　第四回日本詩歌句大賞奨励賞受賞）
　　　『鳥の領』（2017年本阿弥書店刊）
著書　『大陸から来た季節の言葉』（2004年
　　　北溟社刊）
編纂　『石鼎窟夜話』（2007年明治書院刊）

現住所　〒259-0123
　　　　神奈川県中郡二宮町二宮588

発行　二〇二三年一〇月一七日　初版発行
著者　原　朝子　©Asako Hara
発行人　山岡喜美子
発行所　ふらんす堂
〒182-0002　東京都調布市仙川町一―一五―三八―2F
TEL（〇三）三三二六―九〇六一　FAX（〇三）三三二六―六九一九
URL　http://furansudo.com/　E-mail　info@furansudo.com

原裕の百句

振替　〇〇一七〇―一―一八四一七三
装丁　和　兎
印刷所　創栄図書印刷株式会社
製本所　創栄図書印刷株式会社
定価＝本体一五〇〇円＋税
ISBN978-4-7814-1608-3　C0095　¥1500E